I0570560

CÓCTEL PARA SONÁMBULOS

José Alejandro Peña

Colección Géiser
Poesía

ALMAVA
Editores

www.almava.net

José Alejandro Peña nació en 1964. Emigró a los Estados Unidos en 1995, donde funda y dirige Ediciones El Salvaje Refinado.

En 1986 obtuvo el Premio Nacional de Poesía con su libro *El soñado desquite.*

Libros publicados:

Iniciación Final (1984), *El soñado desquite* (1986), *Pasar de sombra* (1989), *Estoy frente a ti, niña terrible* (1994), *Blasfemias de la flauta* (1999), *Mañana, el paraíso* (2001), *El fantasma de Broadway Street y otros poemas* (2002), *La vigilia de todas las islas* (2003), *Suicidio en el país de las magnolias* (2008), *Trampantojo* (2016) *Amigos, amantes y demonios* (2021), *El caballo de Atila* (2021), *Dejad hablar al viento* (2021), *Pavor en el país natal* (2021).

Cóctel para sonámbulos

José Alejandro Peña

Colección Géiser

Poesía

ALMAVA
Editores

www.almava.net

....

Copyright © 2017- 2021 José Alejandro Peña
C ó c t e l   p a r a   s o n á m b u l o s

Todos los derechos están reservados.

Prohibida la reproducción parcial
o total de esta obra,
sin permiso previo de su autor
o de los editores.

Colección Géiser
P O E S Í A

ISBN 978-1-945846-16-8

Impreso en los Estados Unidos de América.
Printed in the United States of America.

www.almava.net

www.almava.com

info@almava.net
editores@almava.net

I

La palabra alucinante

Así comienza a vibrar en mi cabeza
la primera palabra del poema
que no es una palabra sino el eco
de otro eco en la memoria

alucinante

brilla la hoja mientras cae
brilla y se eleva en su caída
frondosa sed de las raíces
llenas de agua

se nos llenan de vino las venitas
vidriosas como peces

se nos llena el corazón
de vino malo
los telegrafistas momificados
son como los gusarapos del tinaco
hercúleos y sentimentales

los poetas del circo familiar
a cada minuto están
doblando sus orejas
diminutas y bermejas

están hablando sin decir
están diciendo sin hablar.

Las paredes transparentes

Heme aquí en mi cuarto a solas
escribiendo en los setos fijados
con la mente.

Tú estás detrás de las paredes
oculta como yo de los niveles
de la sed

desgarrando los imanes
formados con pelusas.

Las paredes transparentes
por cuya única ranura ves
mi sombra
despidiéndose del viento
a medianoche
son pequeños guijarros explosivos.

Tu voz da vida a los espejos
con el cóncavo aliento de las piedras.

Yo me bebo tu sed de un solo trago
ebrio de ti como un columpio
invento mi propia soledad para dártela
con todo y armazón
como quien despelleja
con uñas de neón la transparencia.

Otra palabra alucinante

Me buscas en tu abismo
como el botón que pierde
mi camisa.
Y es otro ser el ser del otro
que copia su imagen de un espejo
a borbotones
para devolverla quien sabe
a qué temblor gozoso
a qué ventisca oblicua y verdadera.

Todos tus pensamientos ambarinos
dudan
no de tus paraguas y manías
sino de la sorpresa en bruto desvalida
de quien pisa el suelo para hundirlo.

Y todo es predicible febrilmente
desde el ojo sucesivo del caballo.

Así comienza el ser que soy
cuando me anulo
perdiendo del poema
la única palabra alucinante.

De un tirón

Hay seres que a lo mejor existen
seres que amamos hasta la desesperación
precisamente porque son máscaras vacías
que nos enseñan a morir
cada vez que respiramos.

Hay seres que huyen
por el humo del cigarro
y seres que afincan
todo el cuerpo en una nube
negra como mil oráculos.

Hay seres con los
que puede uno arriesgar
su mejor sueño
seres hechos con tablas
de los bosques lejanos.

Hay seres que un día son fuego
y terminan en ceniza.

Hay seres que mienten a la noche
como si la noche no supiera
lo que sueñan de día.

La llama en el espejo

En el espejo hay voces atrapadas
que escuchamos por breves momentos.

Para sacarlas de su ámbito mortal
sin que nos mortifique luego
el espectro escindido de una llama
dejamos de respirar por varios días

y es entonces
cuando la noche va al espejo
como para exorcizarlo de sí misma.

El viento entra por debajo
cauteloso y grave
como entran las nubes a una habitación
donde alguien imaginariamente espera.

Metrópoli

En la pequeña metrópoli forzada
el viento descompone los huesos
de los caminantes.

Los hombres van delante
arrastrando sus cabezas

las mujeres
bellas y exangües
como rastro de luna
en un incendio

van recogiendo las pisadas agonizantes
para dotarlas de presteza y esperanza

mientras el día vuelve a ser de vidrio
como las manos melifluas y grandes
de un asesino.

La lluvia en Londres

La lenta lluvia discrimina los rayos de sol
y los enfría con el guante de piedra
de los transeúntes.

Los aparta como a un arbusto
en una profecía.

El agua y no la brisa
cambia los colores
del día y de la noche.

El día es como un árbol
donde la noche ha muerto.

Sólo la noche siente miedo
de los candelabros
y tortura las palabras
con imanes inservibles
como si se rompiera
      en nuestra mano
    la lluvia
        gota
        a
        gota.

El tren

Ella se ha sentado junto a mí
cerca de la ventana
mirando los rayos de sol
que calcinan mi frente.

El tren dura un instante
sobre una roca herida
y desangrada como un pájaro

desaparece como el sol
cuando llueve.

Ella se va quitando máscaras
tan negras y delgadas
para ponerse otras
de piel de lluvia fósil.

Luego va cubriendo cada máscara
con agua de arroz y con pomada
para que no se distinga
la nube de la piedra.

El tren de Moscú

En la estación del tren
una mujer y un hombre
excesivamente altos y rubios
arrastran una roja alfombra
con los pies.

El tren se ha detenido.
Yo espero mi turno para subir.
Las escaleras son altas
y el ruido hace sangrar
los trajes asustados.

El tren deja de correr
como si el día fuera menos largo
o la lluvia más corta
que un pedazo de hilo gris.

La lluvia parte los pensamientos
en cuatro partes iguales
como se parte el pan
por las mañanas.

Un hombre y una mujer
excesivamente altos
hacen mucho ruido
con sus alas tan rojas.

La muñequita rusa

Ella baja de un salto
con su vestido reluciente
su vestido azul con brotes
de aserrín dorado.

Ella baja por la escalera
sin dejarse estremecer
por los ojos aguados
de los perros.

Baja despacio por la lumbre
de los ascensores
allí orinan los perros
una neblina transparente.

Ella muñequita rusa
con alas de muchos colores
se transparenta cuando besa
la piel rocosa y dura
de las orugas muertas.

Fuma inquieta como
si le faltaran las uñas
o le sobrara un pómulo
a la nieve.

Como salido de una novela de Tolstoi

Sacudo la cabeza para espantar al viento.
Miro hacia ambos lados y no hay nadie.
El tren está vacío y yo también.
Soy uno de esos hombres hórridos
que arrastran el infierno al caminar.

A ella la conozco de ambos lados:
del lado de la noche vacía
y del lado maligno de la cal bulliciosa.

Entre las rocas fofas
va a cerrarse un paraguas
de corazón insípido.

Su marido es una verde cola de dragón.
Ella muerde su cabeza rojiza y sin pelos
de donde brota un pulpo de madera
de sándalo.
Ríe y llora a medida que los huesos
de las cabras
se hunden en la gota de lágrima
del pájaro cantor.

Ambos como salidos
de una novela de Tolstoi
lentos y fúnebres
pasan levantando el polvo
con sus alas exangües.

El gris no es un color

El cielo gris es más hermoso
por la brisa que lo borra
y por los muros altos
que no nos dejan respirar
porque los forman gruesas
manchas azules
que desde muy lejos no se ven.

Cuando las miradas se juntan
para conspirar
se desvanece todo alrededor.

Las nubes se agrupan
bajo los pies descalzos
que no prometen nada al cielo gris

ni siquiera el sol opiáceo
penetra ya en las rocas

y es el sol quien pone
a vibrar las cuerdas tensas
para que haya entre los dos
 ese sonido vertical
que alborota el agua
de los ríos profundos.

El ascensor

El cielo gris ha entrado
contigo al ascensor
y afuera están las nubes
pretendiendo ser de ámbar.

Por ti el cielo se aclara
en todas las ventanas
por ti florece el seco jugueteo
de las piedras del arroyo

y son nuevas las palabras
pensadas doce veces
y nadie dice nada a nadie
sin antes preguntarte
si es noche o día aquí en mi pecho
o si el tiempo se ha detenido
para siempre.

La habitación

Las palabras que se escriben con vehemencia
sobre un colchón de sangre y de granizo
enseñan a los hombres a pescar con la mano
en un río de distracción y furia
que únicamente existe entre los buitres.

Las palabras que se escriben
en todas las paredes
la lluvia las oxida
y las transmuta con una blanca
escobilla de barbero.

Las palabras no deben escribirse
sino después de nuestra muerte
en una habitación empapelada
con vértigo y escarcha.

Las palabras son negras por dentro
y blancas por fuera
y van cambiando de forma y de color
a medida que se angustian los retratos.

Rutina

En tu sueño sucede lo contrario
del ruido y la quietud
y en tu pecho el cielo siempre en llamas
da pasos de enfermo en una habitación vacía.

Efímera es la piedra
que trueca el agua en bruma
y cuya sangre se pega demasiado
a la córnea curtida del buey exasperado.

He de vivir mis días entre la muchedumbre
hambrienta de esta ciudad sin nadie
respirando la zozobra de los vidrios molidos
la piel de culebra de los visitantes nocturnos
y el ruido del tren que arrastra mi cabeza
desde Brooklyn
como quien va arrastrando sin pausa
un silencio cobrizo
trémulo y roto como la piel de un búho.

He de vivir errante como una playa extinta
y tus besos serán como una herida súbita
que junta mis latidos en un instante grueso
alegre hondo de optimismo
y lúgubre
volcado hacia adelante
como la capa del vampiro.

Destino

El sol será la tinta que se rueda sola
hasta formar la noche alrededor
de mi cabeza.

Y luego al despertar volveremos a ser
lo que no fuimos antes ni después:
dos seres que se buscan
para no encontrarse
o que se encuentran
para poder buscarse
más allá de las causas eternas
de sus cuerpos intactos
y sus almas demolidas.

Nada somos amor
sino una pausa larga
de la piedra en la piedra
una voz sin destino
que el sol convierte
en pájaro.

II

Libélula

Las lentas madrugadas tan dispares
y el vino y las cortinas de color de fuego
y el bronce entremezclado
de tu voz por el aire
y el diván por el que va tu piel sudada
por mi piel
y los murciélagos que desempolvan
sus vuelos primordiales...

Las horas se detienen
de minuto en minuto
y no transcurren
son verdes o rojas y dejan
al pasar un poco sordo
al manantial.

La luz choca en la sombra con el viento
y el viento la devuelve demolida
hacia el último rincón donde tu voz frenética
suaviza las palabras con que nombras al sol
cuando es la noche
y entre una y otra mondadura desesperan
las aguas bajo el nivel acústico
del cántaro materno.

Fecunda como es
la lluvia empuja la ciudad
de un extremo al otro

del infierno
pero el infierno es tan pequeño
que hasta cabe
en los gérmenes oscuros de la risa
y da una sensación de angustia
que no tiene
sino la sucesión de lo inmediato
y lo roto que todo lo unifica y eterniza.

Por eso en cada madrugada
en la que voy sangrando
por una piel que se elabora
con gotas de sudor y escalofrío
solamente tu risa se parece al viento
y el viento no se alcanza sino por un espejo
como cuando uno aprende a desnacer
sintiendo el muslo frío
y la cabeza ardiendo.

Tu voz nace de las raíces rotas o amargas
de la noche en que no sé de ti
y amanece y el día sigue de largo
y no sé de ti

y yo te busco libélula o cascada
y solamente en esa ausencia
que se va prolongando
y transformando en mil mujeres

que tienen tu mirada
tu cuerpo y tu lugar en el hastío
te nombro como se nombra
en las tinieblas
el pecho desfondado de una sombra.

Te busco y es el viento
te busco y es tu risa por el cuarto
impregnando de luz
lo que no existe.

Una vez cada día

El ruido arrastra un nombre de mujer
arrastra pasos y trozos de periódicos
y uno se arrincona adentro del abrigo
porque también el frío lagrimea
y gravemente se nos ahonda un malestar.

La soledad es algo muy común
entre los que caminan juntos
por entre el medio de la plaza.
Pero yo estoy inmóvil
como si midiera
un pensamiento
con otro.

Mi ser es otro yo
y yo soy otro.

Me contradigo todo lo que puedo
porque de un modo extraño
me apasiona la magnitud
de mi embeleso.

Y siento que si no me llevara
la contraria tan seguido
sería tan infeliz como cualquiera
y mi risa no sería sino la máscara
de un dios.

Llevar la máscara de un dios
es ser grandioso
pero los hombres sólo pueden
lucir máscaras horrendas
de a centavos.

El ruido arrastra pasos
y párpados y páramos.

Para poder dar un paso
hacia cualquier parte
uno debe centrarse en uno
porque entre uno
y el camino
está la muerte.

Pero yo me desconozco
y vuelvo a mí
para ver si me encuentro
como soy.

Si río es para sentir
que hay alguien
adentro de mi risa
alguien que puede ignorar
las pesadillas del mundo
tan perfectamente
como el mundo ignora

mi existencia.

Río como para darme cuenta
de lo vasto que soy.
Río y me conmuevo
ante mi propia risa
como si mi risa fuera falsa.

Como si fueran falsos
todos los seres que conozco
y el único motivo de mi risa
no sea otro que yo mismo
ante los otros.

Uno ríe porque
se aprieta el corazón
con un dedo
hasta que el dedo lo atraviesa
y puede verse la luz del otro lado.

Mi risa no la mido sino con
una tiza sobre el suelo
y es el suelo o mi risa
todo lo roto
que hay en mí.

El ruido arrastra
al viento hasta

que duele.

El ruido está mezclado
a una mujer que amo
y la amo mientras la escucho ser
porque ella es una voz
y no el cansancio
de quien la escucha.

El viento no se deja
arrastrar por esa luz
accidental y rara
de mi propio espejismo
porque el viento es hoja seca
que un pensamiento
apenas mueve.

Y si alguien canta
lo hace porque sabe
que la muerte se aleja
de quien canta.

Yo canto para que el sol
vuelva a girar
como gira en la brisa
un girasol.

Y no me importa el ruido

y lo grotesco que pueda
parecer de pronto
si tengo con quien reír
de cualquier cosa
una vez cada día.

El mamífero

Al pasar sobre el puente oigo una voz
que es una llama debajo del sombrero.

Es la voz de un transeúnte desahuciado
que luego de durar sobre la verja
se desploma.

Un suicida sin duda es algo nuevo
en estos tiempos
un lujo elemental
o una metáfora de la desilusión
algo tan vasto como la desorientación
de ciertos mamíferos orondos.

Prosigo.
Un pensamiento tropieza con otro
y el impacto del golpe me deslumbra
y se deshacen las palabras en mi boca.

Me sofocan los árboles y el ruido
que hacen las hojas al caer.

Un ruido falso como un albaricoque
o como un piano me desnuca.
Alguien se aleja sensación o sueño
cuando detrás de mí
mi sombra me estrangula
tecla a tecla.

Falso es saludar con el sombrero
a quien no tiene palabras
con las que hacerse el importante.

Y falso es tropezar con una piedra
o con un coche
y jugar a partir diciendo adiós
mientras se borra nuestra imagen
de las palabras ciertas por oscuras.

Es tan triste ser de vidrio
como los niños cejijuntos
que se rompen si respiran.

Hoy al caminar descalzo
sobre la planicie
pisé la yerba seca
donde me escondía.

El cielo ennegreció
con el último abrazo
que nos dimos
porque ya no habrá sol
los lunes por la tarde.

Alguien va a caer —dijiste—
como un reloj o una cascada
desde los días y el infierno

y yo inocente
desvelado
rodé por la escalera
agonizante.

Las plumas del gorrión

En cada gota de lluvia
hay pequeños puntos negros
que nos recuerdan que el viento
sólo existe en las raíces arrancadas
y se pudre cuando se pudren las encías
o cuando nadie viene a rescatar la niebla
que es intermitente y permanece.

No existen las pisadas
que van borrando el empedrado
o cambiando las palabras del poema
por una herida tétrica y secreta.

No existen las palabras
que hienden o alborotan
las mejillas sin lumbre
de los serafines

ni existe el color verde
de las miradas de terror
ni la lentitud que desfonda
la risa naufragada.

No existe el mar tan excesivo
y tan esquivo
y tan distante
excepto en la ración de incertidumbre
de quien conversa a solas

en un cuarto de hospital
o se suicida
colocando bajo su piel
un torbellino.

A cada lado del camino
hay música y rocío
un rocío rojizo
y una música epiléptica
que nos dejan en el pecho
clandestinas señales
o sofocan con rayos de sol
la noche sempiterna.

Los pensamientos se van.
Los incinera una sospecha.

Las voces familiares
poco a poco nos dejan
montículos de arena
en cada oído.

Pero la arena inmoviliza y exorciza
a quien saca la cabeza
para mirar qué pasa.

Todo es demasiado extraño
en el poema

o debería serlo con tal
de que algo útil
pudiera reducir su dimensión
o su propósito.

Los días sólo sirven
para fijar la noche
como un círculo rojo
en nuestra boca.

Las noches se rompen
y disuelven
por el tálamo magnético
de que están hechas
todas las caricias
la locura y la angustia.

En cada gota de lluvia
hay una cosa
que ruge
y nos devora.

Yo mastico una cabeza
de gorrión en el bosque
mientras tú y tu sombra
afablemente
se disputan las plumas
y la nada.

Por causa del jabón

En las orillas del río
no se ve nada
piedras lodo
y una brisa constante
más terrosa todavía
que el canto muerto
de los alcaravanes.

Algunas mujeres
bajan— locuaces
divertidas— a lavar
sus risas y sus pieles
transparentes.

Los árboles también
son transparentes:
el sol llena de asombro
a las orugas disecadas.

Lavan lentamente
sin cansarse
las nubes de color café
las nubes escabrosas
que los pensamientos
abandonan.

Los hombres en la orilla
distantes ojerosos

intentan pescar
sombras y anguilas
y llevan a sus casas
nulidad y arrebol
destello de una
yesca rala
        primordial.

Arman y desarman
mientras sueñan
con meridiano
primor primaveral
espejuelos antitéticos.

Dejo a veces
cierta nada pulposa
en la bañera.

Luego mueren
dizque por algo ilógico
del clima
o de la voz de un niño arcaico
rojo proverbial
como un chirrido
de la ubicua transparencia
que nos atropella.

Porque es así

lo extraño del matiz

antes de caer
tiembla la hoja
ennegrecida

lo lejano aúna
separando con firmeza
grave hilo de sol muerto

lo demás se aleja
y provoca.

Las moscas necesarias

Las moscas al volar
dejan caer la tarde
sobre el parque desolado y gris:
de sus mallas de feldespato
una brizna desertora
cubre como un pulmón
ya viejo
la luz que tanto aterra
a los filósofos.

Las moscas como los ángeles
de hueso de cristal viven
de los pensamientos ajenos
contaminan las miradas dulces
y los ojos con manchas de azufre
cuyas bolitas no se mueven
a menos que las atravieses
con una sordomuda
azagaya de bambú.

Las hay melifluas y pluviales
y se prenden como la yesca
de un cuaderno entre las vísceras.

Las hay también realistas
como un reloj palúdico
y viven de teorías
como los antropoides enjaulados.

Nunca dudan de las frases livianas
que se mudan de sitio cada vez
que parpadea la estatua de Platón
o la de Goethe.

Las arañas ciegas

Las arañas van tejiendo
precipicios de humedad
entretejen pánfilas
y plásticas planicies
y pasos posteriores tan oscuros
que dan pánico.

Hay voces turbias
como el humo del cigarro
y voces que parecen
trasplantar ciudades:
delgadas flechas
clavadas en la nada
esa dura corteza desvirgada
alrededor de las miradas
satisfechas y dulces
de las muchachas amaestradas
y exquisitas
que viven como el viento
al otro lado del minuto.

Tejen por los pasillos
cuchillos pedregales
acertijos resonancias
y juegos de palabras

y todo cuanto tejen
lo tejen con cenefas

con pieles erizadas
de ninfas de cristal
y cuando ya es muy tarde
y da dolor de muelas
persuadir a la lluvia
monocorde y patizamba
ellas para soñar
se emborrachan
con bálsamo de anís
con escolleras
y con algo fuerte
plomizo matinal
como un mamut.

Las arañas son difíciles
de armar
son como las olas del café
echan falsas espumas
deterioran la sed que endurece
las pupilas.

Las raíces de los ríos
se han secado
sin que nos demos cuenta
a medianoche.

Caen unas voces pequeñitas
disueltas como peces.

Siempre me fue dado
comprender mejor
cómo se desacoplan
las palabras
llenas de estragos
y de incendios.

Es demasiado triste
estar tan triste
como los celuloides invadidos
por el musgo

por el ímpetu blasfemo
que si tarda en crecer
no es por pereza
es porque a las arañas
las enceguece más
la oscuridad.

Y así soy yo
como los huracanes
que para presentir la noche
primero la desvían
luego
poco
a
poco
la exterminan.

Rascacielos

Esta ciudad carece de rigor.
Carece de rigor como un poema
desabrido y pluralista.
Está todo dicho.
Los poemas inventan
soledades de piedra.
Bravo.
No hay novedad en las palabras
rascacielos tiza erizo o aluvión.
Todas las palabras dicen lo mismo.
Ahí radica su novedad perpetua.
Bravo.
Esta ciudad carece de entusiasmo
es como un poema flojo de sus partes
sin nada que ajuste la subida de tono
un poema de veinte palabras inmediatas
muy llovido y tenaz
muy lleno de tripitas
de puerco
transparente y cómodo.

El tren de Santo Domingo

Seamos sensatos y discretos
como el pan
dejemos que el sol nos atropelle
entre las nueve y veinte
entre la piel y los huesos
el tren nos llama a cada uno
por el nombre correspondiente.
Santo Domingo está inundado
por saltamontes y gorriones
por señoritos con bufanda
peinaditos al estilo Juan Pablo Duarte
niño apestoso y gris
a quien todos conocen
con lindos apodos y melindres
con liendres afrancesadas
zapatillas de goma con vermut
chocolatines contra el mal humor.

Seamos sensatos y discretos
como el rancio calamar
de la modestia
peinaditos al estilo no me acuerdo
con bufanda colorada
y sombrerito inglés
de medio tono.

Tres niñitos rubios se comen a su gato

La madre el padre el hijo
se comen los cabellos rubios
de las hijas calentonas.

Afuera tres niñitos rubios
se comen a su gato rubio.

La madre el padre el hijo
se comen los cabellos
de las emperatrices rubias.

Está lloviendo dolorosamente
y yo negro como una alondra
me voy comiendo poco a poco
mis viejos calcetines rotos
con sabor a musgo hebreo
y a cartón.

Oro calado

Ha llovido todo el día
una lluvia arenosa
y maloliente
que viene de algún
puerto fantasma
como los agridulces puertos
neoyorquinos.

Ha llovido de forma tan precoz
que ya mis huesos se encogen
como la medialuna de un poema
de John Keats.

La lluvia huele a pan caliente.
Yo no puedo pensar ya
palabras húmedas
mohosas
palabras medio-escritas
que pierden su nivel
de sangre seca.

Yo no puedo ya pensar
palabras cristalinas
vibrátiles o ajenas
como el yodo amarillo
removido con la uña.

Oro calado
es esta angustia atroz
de no poder decir
media palabra
ante un espejo lleno
de trampas y sonidos.

Servilleta escrita

Leo las palabras
de una servilleta
que encontré
bajo mi almohada.

Ninguna de esas palabras
salpicadas de vino
son de oro
pero brillan lo mismo
que un viejo calcetín
de lluvia y sangre.

¿Qué mano de mujer
las escribió mientras
yo soñaba con la lluvia
interminable
de aquel día
para mí tan corto?

Escribo ahora en una
blanca servilleta
con bordes ambarinos
o azules
palabras salpicadas de vino
leves y breves como
el oro en los árboles.

El cordón de mi zapato

Me he pasado este tiempo
alargando los días
que se fueron
me he pasado horas y horas
anudando mi zapato
con un cordón mellado.

Hay embriones de papel
sobre mi cama
que parecen cordones
de zapato viejo.

Embriones de papel
sobre mi cama
deslindando las muecas
que se borran.

He aquí lo que tengo
al final de mi vida:
el sol de vidrio relumbrando
como un escarabajo
y un par de zapatos viejos
sin cordones.

Lápiz

Qué gracioso es escribir
una palabra veinte veces
con un lápiz sin punta.

Escribir
por ejemplo
"la concha de tu madre
está atollada"
perpleja como un lirio
y abollada.

Truenan como locos
tartáricos relojes
sin cogotes.

Alguien ¿tal vez
mi agónico contrario?
está cantando una
canción marchita.

Escribo una palabra
en mi cuaderno
veinte veces
con un lápiz sin punta
¡qué gracioso!

III

La bufanda del cantor

Trotan tristes ratas rubicundas
que conozco de antemano
renegridas mejillas reventadas
como feto de paloma.

Las palomas trashumantes
que son ángeles sin dedos
fermentan bajo el agua
como gritos que se oyen
en la noche.

Las muchachas con sus pieles
enrolladas en botellas de vino
muestran sus piernas a los pájaros
y por eso se las pasan cantando
todo el día.

Cantan alrededor
de una cabeza
desprendida.

Es la cabeza chata y fea
de un efebo con manías
cuyas viruelas trastornan
la bufanda del cantor.

Fantasma

Cada vez que salgo
a caminar cerca
del lago
oigo voces y pasos
que me siguen.

Me vuelvo para ver
y es mi propio ser
borrándome
       los pasos.

Caminante nocturno

La noche se esconde detrás
de las fárfaras radiantes
y se enreda a los brazos
cortados de raíz.

La noche es un espejo
que se dobla
cuando sopla la sed
de quien se empina
para verse más alto
que un laurel.

La noche desespera
ante la rueda de los coches
que arruinan los caminos
con el polvo que levantan
de mi frac.

Soledad

Todo es soledad para
quien vuelve el rostro
o se detiene para dar amparo
a yerma placidez
a oscuro desparpajo
a tal grandeza.

Busco donde apoyar el claro instinto
de este instante para siempre nulo
y veo mirar la no-mirada
de los transeúntes
y prosigo en el camino
hacia ningún lugar
sin que se desabroche
el aire en mi camisa.

El desconocido

Cuando abro la puerta
para entrar
alguien se pone mi sombrero
y sale sin decir media palabra.

Hubiera dicho
"buenas noches señor poeta
tiene usted muy buen aspecto
esta mañana."

Pero no
no dijo nada.

No dijo nada igual que yo.
Anduvo con turbación
como yo cuando me aburro
de estar tan solo en casa.

Pánico

Me desagrada la gente
desabrida y poco inteligente
que siempre está suponiendo
verdades semi húmedas
de pánico.

Solamente los tontos
elogian el pudor.
Solamente los tontos
tienen voz de tonto
como los hombres
de anchos hombros
y voz despellejada.

¿Por qué mi voz se pliega
vieja y negra como un pollo?

Así me siento yo
cuando empiezo a toser
entre la gente
que habla y habla
por miedo a que la lengua
se le pudra entre la boca.

Instrucciones para escribir un poema en cámara lenta

Para poder andar
sin empinarme
sobre la cresta del ciclón
primero saco del bolsillo
mi pañuelo blanco
con bordecillo gris
y toso sin parar.

Para poder
escribir un poema
en cámara lenta
primero selecciono
las palabras que prefiero
ignorar
y las ignoro poco a poco
hasta que ya no recuerdo
si el poema es un piano de cola
o un ruido que se hace
con los dedos
sobre una mesa coja.

Neblina

Ellos caminan sobre un hilo esplendoroso
cuyos extremos son quién sabe qué.

Hay buitres encima de los techos
y una ciudad rodeada por lunáticos.

El polvo arrastra una camisa en llamas
y la noche pinta de blanco la ventisca.

El mar es como un muro
tumbado en la neblina
un muro sudoroso de blancura
perversa.

Yo desde mi asombro
me recubro de espuma
la cabeza

y me doy cuenta que los dioses
mueren como dioses
pero los mortales no mueren
sino por la neblina.

Fluctuación y delirio

Me iría contigo a cualquier sitio
para que el viento nos persiga
por las calles
como un asesino perceptivo
y mordaz.

Nos esconderíamos detrás
de nuestras sombras
para que nadie encuentre
nuestras luces solitarias.

Seríamos particularmente asertivos:
nos quedaríamos muy juntos
entre el olor a vino de la playa
y las paredes blancas de una casa
en la montaña.

Ah y sentir lo que sienten las palomas
cuando ríes y me abrazas
y jugar a ser la oscuridad
para poder iluminarnos
con besos y relámpagos
y el aire
y entre un instante y otro
dejar correr el agua de la lluvia
sobre el zinc
y que la noche escape
de la médula indomable

y sea como el fuego
para el agua
fluctuación y delirio.

Todo me da risa

Me dan risa las calles polvorientas
porque están echadas
unas sobre otras
como la nieve sobre la nieve
y como el río.

Me dan risa las llantas explotadas
de los automóviles
que pisan donde quieren
y no en cualquier lugar.

Me dan risa los domingos
el anciano con su tos
el niño con su calavera
y sus miedos fingidos
la mujer con su palidez
a medio usar
con sus miradas aprendidas
de improviso.

Me dan risa los doctores
porque curan el asma
con ruidos de cocina
y plumas viejas
porque se bañan menos
que los sastres
y piensan por reflejo
como los boxeadores.

Me da risa mi risa
porque se extravía
como la ropa sucia
después de muchos días

y mi risa huele a risa
como las aldabas
y también huele a jamón
como el cutis de
un fuliginoso.

Mi risa —sin que lo quiera
a gritos mi vecina—
me hace llorar de risa
 y de abandono.

Río de adentro para afuera
porque alguien pensará
que soy mordaz
acróbata o bribón o propietario
de piedras ordinarias
que ni pesan.

Soy sólo mi risa cuando río
y soy si lloro a solas junto a todos
el llanto de los otros
por costumbre.

La pared

Cada vez que voy
por un camino a solas
choco con la misma pared
que forma el aire
con las golondrinas fugitivas
aunque de eso
me doy cuenta sólo yo.

Abro los brazos
para medir su anchura
y la pared no es abarcable
siquiera en el verano
aunque mis brazos
se extiendan como un grito
parido de reflejos y amapolas.

La pared sube hasta donde
el viento no llega
sube por dentro de mis huesos
y se pierde en lo alto.

Entonces me devuelvo
y cada vez siento
que me persigue mi persona.

Miro y es un señor
con barba gris indiferente
que se arrima a la pared

para orinar.

Nunca hay nadie
con quien conversar
aunque converso
a diario con amigos
con gente que anda
por ahí
sonámbula.

Camino sin pensar
sin mirar donde piso
camino despistado
de mí mismo
para no chocar
con la pared
que un pensamiento
agranda
como se agranda
en mi pecho tu mirada.

Solamente los pequeños l
os encogidos los parcos
y los tiesos de intención
se atreven abrumados
a perseguir la luz
que se ha escapado.

¿Y para qué pensar
y pensar y pensar
tanto cendal
tanto tanteo
y tanta trama al ras
tanto mismísimo tentáculo
cuando existe la vida?

Me dejaron solo

Mi novia se llevó mi perro
y mi tortuga.
Se llevó sus retratos y sus cosas.
Se llevó del espejo la imagen que dejé
para insertarla luego en el poema.

Se llevó la luz del candelabro
con la que partía la noche en dos
como una chirimía.

Se llevó mis zapatos
y mi abrigo de invierno
se llevó la jaula de granizo
donde el mar guardaba
colibríes de oro
que nunca dormían
con las alas en cruz
como un villano.

En la jaula metió
mis pensamientos húmedos
de ausencia
metió además un centenar
de avispas
robadas de un convento
en California.

Desde entonces no puedo

pensar sino retrocediendo
como los caballos asustados.

Me dejó por un hondón
que hay en la brisa
por el hoyo abierto
de todos los sombreros
por una varilla doblada
del paraguas.

Y yo de veras me alegré
porque aunque se diluya
demasiado esto

es tan simple
comprender las cosas
una vez comprendidas
desde luego.

Yo me quedé leyendo
a Nietzsche
hasta que me di cuenta
que de veras
se está solo en el mundo
cuando no se está leyendo
a Nietzsche
ni a Cervantes
ni a Platón.

Fiesta de cumpleaños

Hoy es mi cumpleaños
y nadie se acordó.

Vino el viento de lejos
a dormirse en mi mano.

Vino la luz rodando por el suelo
y lo cubrió todo de eso que uno piensa
cuando quiere que el día se termine.

Vino mi soledad y se sentó a mi lado
y algo más fuerte que el alejamiento
más espeso que la pesadumbre
más aletargado que la sed o la fiebre
más estéril que la voz de un patriarca
más elemental que evitar un diluvio
más efervescente que la nota de un piano
más vertiginoso que la sal o la espuma
más deplorable que cantar de rodillas
crujió delgadamente como el humo
se pintaron de blanco las voces y los rostros
lloraron más de risa que de espanto
los invisibles invitados de la fiesta.

Vivir a la intemperie

Estoy feliz como si no tuviera brazos
como si me sobraran orejas
para escuchar
lo que las piedras
piensan en voz baja.

Estoy feliz como
quien pierde un ojo
por estar mirando
por una cerradura
a las muchachas
que se cambian de ropa
al aire libre.

Estoy feliz como si hoy
fuera el último día del año
y no hubiera más tristeza
que la mía.

Estoy feliz como quien
echa al mar
una ola demasiado coja
una ola que se quedó
atrapada en el chaleco
de un ahogado.

Estoy feliz porque mi novia
se ha mudado muy lejos

y ahora es más grande su amor
que una casa vacía.

Estoy feliz como si abriera
una puerta
para irme lentamente
a ningún lugar
porque es allí
donde vivo de veras.

Todos viven en una casa
a la intemperie.
Y a todos da miedo
perder más que la casa
la intemperie.

Solamente yo desearía
tener alas
para cortármelas de cuajo
con un hacha.

Estoy feliz porque es invierno
y hay más esperanza
en un abrazo a solas
que la esperanza clarísima
rugosa
que se tiene cuando se va
nublando el día.

Profecía

Está la brisa ubérrima
cuadrada
calcándome las profecías
y los huesos.

Hago en la brisa
una ranura con la uña
y entro para escapar
de aquello que me asfixia.

Así la noche iguala
en perspectiva
lo que secretamente
anhelo sin saberlo.

Durante el día
la noche es como
un fémur de caballo
una herradura rota
y un ciclón.

Sueña y se borra.

Y por eso está la lluvia
con mi voz
haciendo charcos
tan hondos y complejos
como si separara

la luz con un palito
para verterla luego
en la ranura.

El agua junta
una orilla con otra
como se junta la noche
con el día.

El día ya no pesa tanto
y por eso la brisa
se lo lleva.

La noche en cambio
duda de sí misma
y nadie da con ella
ni muriendo.

Tus ojos

Tienen el contraste indeciso
de las nubes del Hades
la candidez futura
del desgarramiento
la maniobra de un halcón
para soltarse del aire.

Y tiemblan y se apagan
como un rinoceronte
que bebe de las piedras
una ambición ambigua.

Tus ojos son la noche
mezclada con el día
y una pizca de algo
que se parece al mar.

La noche dueña
de los precipicios
del candor
dueña
del fuego
que durará mil años
entre la piel curtida
de los cortadores
de ébano...

La noche afinca el pie

sobre mi pecho
y sigue
sin desvío
paralela a su marcha
y a su asombro
sigue y se devuelve
para intrigar al trueno.

El bergantín que miras
desde el arrecife
después de muchos
años regresará
a tus ojos como
de un naufragio.

Tus ojos donde viven
los ángeles rebeldes
que los niños apedrearon
hasta hacerlos caer
¿qué dicen cuando
están cerrados?

Hay en tus miradas
remolinos de arena
y mucha lluvia escondida
en el chaleco
y un sol más luminoso
que todas las palabras.

No sé si amo tus ojos
porque sueñan
con duendes y epopeyas
y espejismos
o si porque multiplican
su objetivo introspectivo
elemental indescifrable
y sin equívoco
como dar saltos
para alcanzar la luna.

Desde lo alto

El árbol muerde el ojo
del pájaro dormido.
El árbol sube al árbol
con mis alas de gasa.

Única voz en la que va mi sangre
persiguiendo al viento
por colindantes pedregales

y entre la prisa y el delirio
me sorprende la jauría.

Soy tan delgado
tan leve y cristalino
que paso por dentro
de mí mismo
sin tocarme.

Las paredes se estrechan
y el viento queda aprisionado
mientras yo sigo
por sobre los pedregales
alborotando a las palomas
con el ruido de mis pasos.

Canto para sentir
que vuelo y me extravío
o vuelo para sentir

que me desgarra el aire.

Y soy como la luz
que cae desde sí misma
y en lugar de romperse
como un gato
sigue atónita y entera.

No es la marioneta
lo que asombra
sino los hilos
que la dejan libre.

Así termina

Por una ranura de la oscuridad
la oscuridad penetra a nuestra casa

tú y yo buscamos
una luz rara o difícil.

La buscamos en lugar
de hacerla con palabras.

El viento trae las nubes
que fabrican los hombres
en el bosque.

Pero las nubes
se cansan de ser
lo que otro inventa.

Llueve
y es la oscuridad
la lluvia misma.

Por la blanca cortina
de nuestra habitación
entran sin ser vistas
la negrura espantosa
del reloj y su intemperie.

Yo persigo una ausencia anterior
al reflejo de tu rostro en las piedras.

Y mido con gotas de lluvia
tus distracciones infinitas
y me doy cuenta
que también la lluvia
arrastra un yo distinto
díscolo y sereno
introspectivo
sí
como una flauta.

Palabras tan precisas

Hay palabras muy precisas
que sin duda caben
en todos los poemas
palabras como "fuego"
"azar"
"locura"
"distracción"
"presagio" mudo.

Instante que es blancura
y es sorpresa.

Fuego que el azar
convierte en árbol.

IV

Algodón urbano

Espejo duro y claro
que no refleja sombra
disuelto en siete broches
de algodón urbano
he aquí los pies recién lavados
de un señor llamado "yo"
cuyo tobillo sangra al ritmo
de la palabra "nadie"
que es igual a una linda
herradura enamorada
de un espléndido esperpento
lacrimógeno.

Talón de Aquiles

El talón talado
de la muchedumbre
es un destartalado
tálamo tantálico
esquizoide
sin relación alguna
con el bazo hervido
del filósofo.

Sin embargo
aquí no significa nada
el pánico platónico
que agrupa a los coyotes

por la blanca negrura
del meollo
bálsamo erótico
de irrigación melódica
con método errabundo
de gladiolo

es decir
si pienso paso a paso
como piensa el preso
al reflejarse en el reflejo
de la imagen de otro
que examina los desastres
a través

de una baba límpida
de sastre gongorino.

El rostro de Descartes

He visto muchas veces
ese rostro que arde
como una piel de perro
mal pegada

he ido de bajada
muy seguido
con los párpados rotos
persiguiendo el aroma
turbio aroma del café

ese aroma limítrofe
con guantes de neón

el rostro deforme
de una máscara alquilada
de Descartes
feo y lánguido
como una mosca lúgubre
de plástico

parpadeando ante
una lámpara de gas

ese desastre bien planeado
al que hay que menear con
molinillo arcaico

terriblemente así
haciendo buches de café
los jueves y los martes
para alumbrar el cuarto
con ceniza
de mariposa enferma.

Carpe diem

He revuelto la ceniza rojiza
de un poeta feliz
llamado Horacio

sagaz como el mosquito
que endereza el sentido
de los astros lejanos:

nada dejarás pasar
sin calentar tus manos
cadavéricas con leña
paradójica
de cedro palpitante

aprovecha este día gris
sin pisar la corbata
de los gordos banqueros
que se cruzan adrede
por tu calle

y escucha bien amigo
los propósitos tiernos
de los que ya no hablan
las mismas paranoias
mal mamadas
que juran son de hueso ilustre
como el carbón amargo
que mastican.

Retrato de una madona

Sus brazos son de oro
como las grutas veneradas
por Virgilio
donde se agranda el sol
con leña de un manzano

allí los hecatónquiros
blasfeman contra un muro
indescifrable

donde aparecen peces
con cabeza de mujer
y un niñito gordo

al que habrán de comerse
unos gigantes pequeñitos
de oro sólido
como debe ser.

Nacimiento de Hefestos

Las brasas no destacan
los brazos de cartón
del gordo Hefesto
a quien confunden doblemente
los gigantes con chicharras
y arcoíris.

Nació de una cigarra
cantando a los espectros
que se niegan a crecer

con los bronquios pegados
a un pedazo de roca

con pupilas
tan blancas y redondas
como un queso.

Un cuarto con peluches

El sol se quedará dormido
ante una dulce madona
pintada por un sátiro

un sátiro didascálico
con sangre de pintor
cruzando callecitas
con baldosas semi azules

está claro que es domingo
y los domingos hay charquitos
que se forman con la lluvia

no sé dónde está mi alma
si en los nombres oxidados
de muchachas calentonas

o si en cuartos con peluches
de Moscú:

el azar es una tinta
que destaca los contornos
de la piedra

en la que a veces se ocultan
los erizos y las larvas
para arder.

Coger y desechar

La llovizna es algo serio
me lo dicen los niñitos
con papera de los lienzos
de Rembrandt

se reproducen dócilmente
las muchachas recelosas
con la lluvia y la salmuera

se reproducen en farmacias
los bollos de madeja
de un aedas (lentísimo y
maleable como el cobre
con ruedas de caballo
en cada herida mal cosida)
aupado por gente bonachona
de su estirpe

muy creído el pobrecito
por haber nacido así
con cacumen deformado
por la cofia desteñida
que le diera una mujer
muy dulce

de esas que uno sabe coger
y desechar.

Manicomio para zurdos

Esto es Santo Domingo
ciudad donde cada tarde
muere un gurú muy parecido
a otro gurú

con barba de sabio transparente
apedreado por la gente zurda
que es ternísima por dentro

ríe tanto al mediodía
como ríen las gaviotas
que no atrapa el cocodrilo

y anda como los monos
rascándose de un árbol
y fumando
chupa a plena voluntad
sofisticada
todo el barro y todo el humo
blanquecino
que es el semen del cigarro

anda a ciegas
como rueda para zurdo
y se arrodilla todo el tiempo
ante un pedazo de bambú
glorificado.

Melopea

Uno aprende a fingir su melopea
a fingirla gradualmente todo el día
hasta que caben dos manzanas
en la cesta de cristal.

Homero supo hilvanar
preciosas melopeas
con jabón medio macabro

inventando un alimento sagrado
para pulgas.

Pessoa supo dibujar marginalmente
imágenes de presos en jaulas de coral.

Se fingió loco para que nadie
luego pudiera confundir
su genial sentido del humor.

Humor sentimental
como es todo el humor
descrito en testamentos ilegibles
en los que uno va calcando
palabras propias como ajenas.

El cíclope blasfemo

Hay cíclopes tan raros
como Eurípides
mal hombre
al que creyeron
bardo por fantoche.

Lo cierto es que fue
tan buen rapsoda
como dicen que lo fueron
Polifemo y otro de su estirpe
Agamenón.

Trajo la bruma tal vez
desde Turquía
y con ella hizo dos soles
tan antiguos como el mar.

Tenía los dedos de los pies
bastante retorcidos
y por eso Baco lo excluyó
de una verbena mal montada.

Arquíloco también está
en mi casa jugando
a provocar ciclópeas
ninfas verdes
que viven como yo
de la blasfemia.

Aroma plegadizo

Huele a piel la piel de las estatuas
huele a canela y a bisagra sin usar
la ninfa de este canto marginal
que nadie entiende.

Es una ninfa perdida en mi sombrero
desde el día que llegaron a Nueva York
los poetas metafísicos
agrestes londinenses
que huelen a jabón como mi madre.

Yo vivo en Nueva York
entre palomas negras
y banqueros pelirrojos
asustado por los trenes
que andan al revés
suben cuando deben bajar
y nunca bajan por temor
al calcio de las piedras
donde orinan pendencieros
y poetas que vienen a morirse
a esta ciudad maldita.

Escribo en la pared de enfrente
donde vive un poeta igual de viejo
cegato como perro callejero
que ladra para ver si lo entienden
aunque sea una vez.

Escribo en las paredes viejas
de las calles de Manhattan
cerca muy cerca de la universidad
donde vine a visitar a un poeta haitiano
al que no debo mencionar
con nombre propio
porque es calvo como un loro
y le duele demasiado el pensamiento.

Vine a vivir a un edificio
lleno de palomas y de ancianos
con dos torres derribadas
y un sándwich de conejo
en el bolsillo de mi frac.

La noche es casi interminable
intensa o milagrosa
como el ruido
que hace nuestra hermana
al masturbarse.

Poema al estilo Pedro Pablo Fernández

Delira como alfombra saxófonica
el poema en silla de papel
con ruedas que se queman
al ir por los andenes

oyendo huyendo
el mimbre con los tímpanos
suena resuena
lamprea bilabial
los timbres hemisféricos
eólicos se acoplan al sopor
del sacacorchos

bien o mal
sabemos vislumbrar
sombras terrenas
liadas con esporas
incorpóreas de doble
trabazón sonámbula

por tal motivo
se reprime el brezo
los ecos de los huesos
crecidos como pipas
pálidas

toda la rueca
trueca truenos

sexuados
como velludos
boxeadores abusados
en sus lechos de lechosa
densidad craneal

tentáculo de tinta
retractable
por donde baja
el agua del tinaco

leche tibia
endulzada
con piedras de jamón
hervidas con hebillas
de pereza

mejor que andarse andando
con los pies juntos del ciempiés

comamos amor mío
solamente
sándwiches de cuarzo

como los címbalos usados
madre postiza
ensamblada en los hoteles
que frecuentan

las niñas sudorosas
y las ratas robadas
de los trenes

la poesía se suda
sexualmente
con los sesos secos
y la lengua raspada

píldora mala
que se queda atravesada
en la garganta
como el lento
gorjeo del gorila

con porte asexuado
de buen tono

digamos la poesía es eso
o más que eso
golpearse la nariz
con el codo del vecino

es cierto que parece
saludable saludar
a quien saluda
en el espejo

saludemos al poeta
de un modo natural
con dos pedradas
al coche gris de policía.

Poema al estilo Góngora

Son ya sinuosos cisnes verdes
que por fervor de la molicie pronta
asiste el órfico escozor
turbio o sereno lo mismo
que un sudario de Spinoza
van a cubrirse con arena y fuego
los horrores frecuentes de los jueves
que llenan con sonidos viejos
los vasos capilares del encierro

mortal como un cuarto
demasiado oscuro
vacío
y silencioso
entre cristales
se pierden los verdores
que enlazamos
a las ramas con trino deleznable

palpable por lo fino es casi nada
la luna que al violín otorga vuelo
y son las gongorinas góndolas
lucientes como en mayo
los pinitos altos

bajan a pillar
lozanos truenos las águilas
doradas

los dorados dardos dando
y dando en el centro monárquico
y arcano
que como noche novelesca
ensaya casco
la altísima evasión de la palabra
"peste"
repetitiva y tosca
más que mil palomas.

A un muñeco desventrado

Me voy a decidir mañana
señor bardo
me cueste lo que me cueste
el malestar
de haber leído como en broma
borradores desiguales
tan funestos

que suyos no parecen
porque noto su genio
donde falta certeza
al organismo anclado
entre visiones tardas
o remotas.

Sean pues mi promesa
y mi entusiasmo
claro signo de bondad y fe:

si usted quisiera señor bardo
se los puedo rehacer
con tino o frenesí

como se arma hilo a hilo
desde dentro de la llama
a un muñeco desventrado.

El espejo resonante

Estoy en esta torre
toda húmeda
escribiendo este poema
todo nuevo

porque nada
que se diga o piense
en voz baja dura tanto
como dura el sol
volcado en cada
sílaba nutricia.

Esto es verdad aunque discutas
con la nieve
que es lágrima y acero
todo el viento

y llena de sonidos roncos
el espejo

el espejo o la voz
da lo mismo
el alba que la noche
la vulva de Afrodita
o los clavos de un cristito
cadavérico

es el espejo
todo fuego por dentro
y todo tórrido.

Razón suplementaria

Serán como han de ser
las flores castas
que belfos de beldad
pretende el galgo
lo mismo son
por dentro
los olivos
que sangran cuando
tiemblan en lo alto:

la espuma iguala a la razón
y la razón al látigo.

Cóctel para sonámbulos

Estoy aquí entre amigos muy cabales
que piensan psicodélicos presagios
y se rascan la voz con la garganta
midiendo tinta con violines hechos
con raíces muy amargas de cedro
y piel de sapo.

El vino nos alegra sorbo a sorbo
solecitos
muy veraces que anteceden
al asombro de los peces

y aunque uno está sonámbulo
los otros bien parecen divertirse
con la sarna del pañuelo
que cubre cicatrices
en el cuello

porque si digo lo que pienso
de repente en el poema
se vuelve espuma el mar
entero

bajos son los quevedescos ascos
con que afirma el espanto sus
venitas repletas de canciones
italianas
como corchos rotos

y velludos vértigos
de plata

basta ya de tantas
lucecitas en cinta
basta ya de tanto malhumor
y sarna

para volar como el murciélago
juntando el sexo fónico
de aquellas golosinas de alas
verdes

basta solamente
abrir los brazos.

Índice

I

II

III

IV

Colofón

Esta primera edición de
Cóctel para sonámbulos, de
José Alejandro Peña, se terminó
de imprimir en febrero de 2017
en los Estados Unidos de América.
Esta edición constó de 1,000 ejemplares.

www.almava.com
www.almava.net

editores@almava.com

www.ingramcontent.com/pod-product-compliance
Lightning Source LLC
Chambersburg PA
CBHW030636130626
46552CB00002B/876